Ephraim Kishon

Der quergestreifte Kaugummi

Ephraim Kishon

Der quergestreifte Kaugummi

Acht Erzählungen mit Illustrationen
von Friedrich Kohlsaat

Lentz

Inhalt

Wie man Pyjama-Fische züchtet

An einem Donnerstagabend waren wir bei Stocklers eingeladen. Gleich beim Betreten ihrer Wohnung sahen wir es: Überall standen traumhaft schöne Aquarien herum, die von innen farbenprächtig beleuchtet waren und deren kleine Bewohner sich offenkundig so wohl fühlten wie Fische im Wasser.
„Diese Fische haben meinem Leben einen neuen Sinn gegeben", erklärte uns Herr Stockler. „Ihr ahnt ja nicht, wie beruhigend es ist, sich einfach hinzusetzen und diese kleinen Geschöpfe anzuschauen ... nur anzuschauen ... nichts weiter ..." Wir setzten uns einfach hin und schauten die kleinen Geschöpfe an, nichts weiter.
Im zweiten Aquarium von rechts entdeckten wir einen ungewöhnlich schönen Fisch, dessen Schuppen in allen Regenbogenfarben glitzerten.
„Der da?" meinte Herr Stockler und machte eine verächtliche Handbewegung. „Das ist eine ganz billige Sorte. Jeder, der sie hat, will sie loswerden."
„Warum denn?" fragte meine Frau verständnislos. „Er ist doch wunderschön."

„Weil es so kindisch einfach ist, sie zu züchten! Aber diese da", meinte Herr Stockler und zeigte auf ein paar reizlose, unscheinbare Fische in einem anderen Behälter – „das sind die berühmten Pyjama-Fische. Nur die wenigsten Leute wissen, wie man ihn züchtet."
Nach und nach erfuhren wir, daß Stockler jeden einzelnen Fisch in seiner Wohnung persönlich großgezogen hatte, worauf er mit Recht sehr stolz war. Er erzählte uns auch, daß er jetzt sogar die beste Tierhandlung der Stadt mit seinen Fischen versorgte. Damit verdiene er immerhin zweihundert Mark die Woche.
Als ich das hörte, begannen mir die Fische zu gefallen. Fische zu züchten schien ein sehr einträgliches Hobby zu sein. Warum sollte ich es nicht auch versuchen?
„Machen Ihnen die Fische denn nicht sehr viel Arbeit?" erkundigte ich mich neugierig.
„Arbeit?" meinte Herr Stockler überrascht. „Aber nein! Ich brauche jeden Tag höchstens fünf Minuten, um die Tierchen zu versorgen. Und vermehren tun sie sich von alleine. In den nächsten Tagen rechne ich mit etwa tausend kleinen, jungen Fischen."
Stockler hatte mich überzeugt. Schon am nächsten Tag ging ich in die beste Tierhandlung der Stadt und kaufte dort ein Aquarium. Selbstverständlich auch einen Filter zur Reinigung des Wassers, Schlingpflanzen und Algen und eine Heizung, denn die Fische sollten sich ja wohlfühlen. Und natürlich Würmer, denn die fressen sie am liebsten.
Entsetzt sah meine Frau mich an.

„Das darf dich nicht stören", tröstete ich sie. „Auch die Eskimos essen Würmer. In China gelten sie sogar als Delikatesse. Ich meine die Würmer, nicht die Eskimos."
Meine Frau ließ sich nicht besänftigen. Irgendwie mußte ich ihr sogar recht geben. Schön sahen sie nicht aus, diese länglichen roten Fleischnudeln, die sich ununterbrochen krümmten und ununterbrochen gar nicht gut rochen.
Ich kaufte sie trotzdem. Unsere Fische sollten es gut bei uns haben.
Als wir aus dem Laden gehen wollten, erinnerte uns der freundliche Tierhändler daran, daß es eigentlich üblich sei, auch Fische zu kaufen, wenn man schon ein Aquarium und Würmer besaß. Unser Geld reichte gerade noch für zwei Pyjama-Fische. Der Tierhändler holte zwei Fische aus ihrem Behälter, tat sie in ein Glas und überreichte es uns.
„Sie sind leicht zu unterscheiden. Das Weibchen ist immer etwas größer als das Männchen", erklärte er uns.
Wir prüften unser Paar und stellten fest, daß sie beide absolut gleich groß waren.
„Das gibt es schon mal", lachte der Tierhändler. „Es ist eben ein besonders fettes Männchen und ein besonders mageres Weibchen. Aber keine Sorge... Sie werden viel Freude an dem Pärchen haben... und viele kleine Pyjamas bekommen."
Zu Hause bauten wir alles genau nach Gebrauchsanweisung zusammen.
Wo aber sollten wir die Würmer unterbringen? Der Tierhändler

hatte empfohlen, sie im Kühlschrank aufzubewahren. Aber in diesem Punkt ließ meine Frau nicht mit sich handeln. Sie drohte sogar mit Hungerstreik. Also kamen die Würmer ins Bad.
Am nächsten Morgen standen wir frühzeitig auf, denn wir konnten es kaum erwarten. Wir setzten uns einfach hin und schauten die kleinen Geschöpfe an, nichts weiter. Nach einiger Zeit fiel uns auf, daß sie sich überhaupt nicht bewegten. Sie lagen auf dem Boden des Aquariums, mit den Bauchflossen nach oben.
Unsere Fische waren tot. Wir hatten vergessen, nachts die Heizung abzustellen.
Also ging ich wieder in die Tierhandlung und kaufte sechs neue Pyjama-Fische. Abends saß ich glücklich vor meinem Aquarium und wartete auf Nachwuchs.
So ging es einige Wochen. Dann passierte wieder ein kleines Mißgeschick. Eines Morgens waren unsere Pyjamas mit einem weißen Punktmuster besät und kratzten sich wie verrückt. Am nächsten Morgen waren sie tot.
Wieder ging ich in die Tierhandlung. Diesmal verriet mir der freundliche Besitzer:
„Sie müssen die Paare getrennt unterbringen. Jedes in einem eigenen Behälter, sonst vermehren sie sich nicht."
Ich kaufte also vier neue Behälter. Dann wartete ich wieder einige Wochen, aber die Pyjamas vermehrten sich nicht.
Mein Freund Stockler beschwor mich, nicht aufzugeben und gab mir wertvolle Tips. Zum Beispiel sollte ich zwei Teelöffel feines Tafelsalz ins Wasser mischen. Ich mischte. Nichts rührte sich.

Nur ein salzempfindlicher Pyjama biß mich in den Finger. Ich folgte seinem Rat und versuchte es mit kleinen farbigen Glasstückchen, die ich auf dem Grund des Aquariums verstreute. Die Pyjamas spielten mit dem bunten Glas und freuten sich sehr. Sonst passierte nichts.

Eines Tages brach sich Stockler ein Bein. Er war auf eine Bananenschale getreten. Ich besuchte ihn an einem der nächsten Abende. Als ich seine von neugeborenen Pyjamas überquellende Wohnung sah, verzweifelte ich fast.

„Stockler", flehte ich, „lieber, lieber Stockler. Verraten Sie mir doch Ihr Geheimnis. Was muß man tun, damit sich die Pyjamas vermehren?"

Stockler sah mich lange an. Endlich sagte er:

„Gehen Sie nach Hause und lösen Sie die Schale einer halbverfaulten Banane in Benzin auf. Lassen Sie die Flüssigkeit verdampfen, warten Sie, bis der Rest getrocknet ist und verreiben Sie ihn zu feinem Pulver. Davon geben Sie zwei gehäufte Teelöffel ins Wasser ..."

Ich sauste los. Als ich bei der besten Tierhandlung der Stadt vorbeikam, waren die Rolläden bereits heruntergelassen. Ich stürzte zur Hintertür. Sie war geschlossen. Durch das Guckloch konnte ich den Tierhändler sehen. Er griff gerade in eine große Kiste und holte kleine Nylonsäckchen heraus. Und was in den kleinen Nylonsäckchen wimmelte, waren lauter kleine Pyjamas.

Ich warf mich gegen die Tür. Sie barst. Erschreckt starrte der Tierhändler mich an.

Piscis
Pyjamus
»Der Pyjamafisch«

„Ich ... ich kann nichts dafür", stammelte er. „Wer weiß denn schon, wie sich diese verdammten Pyjamas vermehren ... Aber in Hamburg, da gibt es ein Versandhaus, das liefert in die ganze Welt. Auch an mich. Und erst gestern hat Herr Stockler zweihundertundfünfzig junge Fische bei mir gekauft. Wenn Sie wollen ... Geben Sie mir fünfzig Mark ... Ich sag's keinem Menschen, ehrlich ..."
Das also war Stocklers Geheimnis. Selbstverständlich kaufte ich gleich die ganze Kiste.
Wenige Tage später besuchte mich Stockler. Ich fiel ihm um den Hals.
„Ich danke Ihnen, mein Freund. Die Bananen-Benzin-Mischung hat Wunder gewirkt!"
Stockler stand sprachlos. Sein Blick wanderte langsam über die sechzehn Aquarien, in denen sich Unmengen munterer Pyjamas tummelten. Plötzlich begannen seine Augenbälle wild zu rollen, und dann stürzte er davon.
Seit diesem Tag bin ich der bekannteste Fischzüchter in unserer Stadt, ein Fachmann sozusagen. Allerdings – Herr Stockler spricht nicht mehr mit mir.

Kaffeetassen für Linkshänder

Mein Freund Jossele und ich saßen im Kaffeehaus und starrten trübe in unsere Tassen. Plötzlich schob Jossele mißmutig seine Tasse von sich.

„Warum", fragte er, „warum erfindet man nicht endlich Kaffeetassen für Linkshänder? Mit dem Griff an der linken Seite der Tasse? Das wäre doch ganz einfach."

„Du weißt, wie die Menschen sind", erinnerte ich ihn. „Gerade das Einfache interessiert sie nicht."

„Seit fünftausend Jahren machen sie die gleichen langweiligen Trinkgefäße. Ob ihnen jemals eingefallen wäre, den Griff innen anzubringen, damit das glattgerundete Äußere nicht verschandelt wird?"

„Niemals wäre ihnen das eingefallen. Niemals!" erwiderte ich überzeugt.

„Immer nur die sture Routine." Jossele hob seine ganz normale Tasse widerwillig an die Lippen und nahm einen Schluck. „Keine Beziehung zu etwas Neuem, kein Gefühl für die kleinen feinen Unterschiede. Denk doch nur an die Nähnadeln! Pro Stunde stechen sich auf der Welt mindestens hunderttausend Menschen in den Finger. Wenn sich die Nähnadel-Hersteller entschließen könnten, Nadeln mit Ösen an *beiden* Enden zu erzeugen, würde viel weniger Blut fließen."

„Richtig. Aber sie haben eben keine Phantasie. Nimm zum Beispiel die Kammfabrikanten. Die erzeugen ja auch keine zahnlosen Kämme für Glatzköpfige."

„Laß den Unsinn. Manchmal bist du wirklich kindisch!"

Ich verstummte. Wenn man mich kränkt, dann verstumme ich.

Mein Freund Jossele fuhr fort, mich zurechtzuweisen:

„Du hast nichts als dummes Zeug im Kopf. Ich aber spreche über ernste, praktische Dinge. Zum Beispiel, weil wir schon beim Kämmen sind: Haarschuppen aus Plastik. Das wäre was. In handliche kleine Zellophansäckchen verpackt. Selbst der Ungeschickteste kann sie sich über den Kopf streuen."

„Sie werden *nie* wie die echten aussehen", sagte ich bockig.

„Ich garantiere dir, daß man nicht einmal durchs Vergrößerungsglas den Unterschied merkt. In unserer heutigen Zeit ist alles möglich. Hüte aus Glas, zum Beispiel, wären sehr praktisch."

„Wozu soll ein Hut aus Glas gut sein?" fragte ich erstaunt.

„Wenn man ihn fallen läßt, braucht man sich nicht nach ihm zu bücken." Das klang logisch. Es leuchtete mir ein.

„Und was", fragte ich, „würdest du von einem Geschirrschrank halten, der auch oben vier Füße hat?"

Mein Freund sah mich überrascht an. Solch einen guten Einfall hatte er mir nicht zugetraut.

„Ich verstehe“, nickte er anerkennend. „Wenn der Schrank oben staubig ist, dreht man ihn einfach um. Das wäre phantastisch. Überhaupt gibt es im Haushalt noch viel zu verbessern. Was mir schon seit Jahren fehlt, sind runde Taschentücher!“

„Die man nicht falten muß?“

„Eben. Einfach nur zusammenknüllen.“

„Manche Sachen allerdings sind einfach zu kompliziert“, meinte Jossele. „Erinnerst du dich an die Kuckucksfalle? Man wollte sie an den Kuckucksuhren anbringen. Oberhalb der Klappe, aus der alle Stunden der Kuckuck herauskommt. Im gleichen Augenblick, in dem er seinen idiotischen Kuckucksruf ausstoßen will, fällt ihm von oben ein Hammer auf den Kopf. Aber, wie gesagt, das war zu kompliziert.“

„Und was hältst du von der Erfindung dieses berühmten Mannes, Wassermelonen mit Flöhen zu kreuzen?“

„Damit sich die Kerne von selbst entfernen? Das ist doch ein alter Hut. Wenn schon kreuzen, dann Maiskolben mit Schreibmaschinen. Sobald man eine Kornreihe zu Ende genagt hat, ertönt ein Klingelsignal. Der Kolben rutscht automatisch zurück, und man kann die nächste Reihe anknabbern.“

„Das ist nicht schlecht“, mußte ich zugeben.

„Es ist jedenfalls zweckmäßig und bequem. Das ist das Wichtigste. In Amerika wurde eine Maschine erfunden, die allerdings noch verbessert werden muß, weil sie bisher viel zu groß ist. Sie pflanzt Kartoffeln, bewässert sie, erntet sie, wäscht sie, kocht sie und ... ißt sie auf.“

„Ja, ja. Der Mensch wird allmählich überflüssig. Zum Beispiel gibt es jetzt bereits einen Computer, mit dem man Schach spielen kann. Wie findest du das?“

„Davon werde ich mir gleich zwei kaufen“, sagte mein Freund Jossele begeistert. „Die können dann miteinander spielen, und ich gehe ins Kino.“

„Da siehst du, wozu Erfindungen alles gut sind.“

Befriedigt verließen wir das Kaffeehaus und gingen ins nächste Kino.

Auch die Waschmaschine ist nur ein Mensch

Eines Tages teilte mir die beste Ehefrau von allen mit, daß wir eine neue Waschmaschine brauchten. Die alte war vor kurzem kaputt gegangen.
„Geh hin“, sagte ich zu meiner Frau, „geh hin und kaufe eine neue Waschmaschine. Aber kaufe bitte wirklich nur eine einzige und nimm eine, die in Israel hergestellt wurde.“
Die beste Ehefrau von allen ist auch eine der besten Einkäuferinnen, die ich kenne. Schon am nächsten Tag stand in unserer Küche, fröhlich summend, eine original hebräische Waschmaschine, blank poliert, mit glänzenden Bedienungsknöpfen, einer langen Kabelschnur und einer ausführlichen Gebrauchsanweisung. Unser Zauberwaschmaschinchen besorgte alles von selbst: Schäumen, Waschen, Trocknen.
Am Mittag des zweiten Tages betrat die beste Ehefrau von allen mein Arbeitszimmer ohne anzuklopfen. Das ist immer ein schlechtes Zeichen. Sie sagte:
„Ephraim, unsere Waschmaschine wandert.“

Ich folgte ihr in die Küche. Tatsächlich: Der Apparat schleuderte gerade die Wäsche und wanderte dabei durch den Raum. Wir konnten den kleinen Ausreißer gerade noch aufhalten, als er die Schwelle überschreiten wollte. Durch einen Druck auf den grellroten Alarmknopf blieb er stehen. Wir überlegten, was wir tun könnten.

Beim nächsten Waschen zeigte es sich, daß die Maschine nur dann ihren Standort veränderte, wenn sich die Trommel der Trockenschleuder schnell zu drehen begann. Zuerst lief ein Zittern durch die ganze Maschine – und gleich darauf begann sie, wie von einem geheimnisvollen inneren Drang getrieben, hopphopp daraufloszumarschieren.

„Na schön", meinte ich, „warum nicht. Unser Haus ist schließlich kein Gefängnis, und wenn das Maschinchen marschieren will, dann soll es."

In einer der nächsten Nächte weckte uns ein kreischendes Geräusch. Aus Richtung Küche klang es, als würde Metall zerdrückt. Wir stürzten hinaus: Das Dreirad unseres Sohnes Amir lag zerschmettert unter der Maschine, die sich in irrem Tempo um ihre eigene Achse drehte. Amir stand heulend daneben und schlug mit beiden Fäusten auf den Dreiradmörder ein:

„Pfui, schlimmer Jonathan! Pfui!"

Erklärend muß ich hier hinzufügen, daß wir unsere Waschmaschine Jonathan getauft hatten.

„Jetzt reicht es aber", meinte meine Frau, „ich werde Jonathan fesseln."

Sie holte einen Strick und band das eine Ende um die Wasserleitung, das andere wand sie mehrmals um Jonathan.
Ich hatte dabei ein schlechtes Gefühl, hütete mich jedoch, etwas zu sagen. Jonathan gehörte zum Arbeitsbereich meiner Frau, und ich konnte ihr das Recht, ihn anzubinden, nicht streitig machen. Dabei will ich aber nicht verbergen, daß es mich am nächsten Tag mit Schadenfreude erfüllte, als wir Jonathan an der gegenüberliegenden Wand stehen sahen. Er hatte offenbar alle seine Kräfte angespannt, um den Strick zu zerreißen.
Seine Vorgesetzte fesselte ihn zähneknirschend von neuem. Diesmal nahm sie einen längeren und dickeren Strick, dessen Ende sie um den Heißwasserspeicher band.
Das ohrenbetäubende Splittern, das wir bald darauf hörten, werde ich nie vergessen.
„Er zieht den Speicher hinter sich her!“ flüsterte die entsetzte Küchenchefin, als wir am Tatort angelangt waren.
Das ausströmende Gas veranlaßte uns, auf künftige Fesselungen zu verzichten ... Jonathans Abneigung gegen Stricke war offensichtlich, und wir ließen ihn deshalb in Zukunft ohne Behinderung seinen Waschgeschäften nachgehen. Irgendwie leuchtete es uns ein, daß er über einen unbändigen Freiheitswillen verfügte.
An einem Samstagabend dann, an dem uns Freunde zum Essen besuchten, drang Jonathan ins Speisezimmer ein.
„Hinaus mit dir!“ rief meine Frau ihm zu. „Marsch hinaus! Du weißt doch, wo du hingehörst!“
Das war natürlich lächerlich, so weit reichte Jonathans Verstand

wieder nicht. Jedenfalls schien es mir sicherer, ihn durch einen raschen Druck auf den Alarmknopf zum Stehen zu bringen.
Als unsere Gäste gegangen waren, startete ich Jonathan, um ihn auf seinen Platz zurückzuführen. Aber er schien uns die schlechte Behandlung von vorhin übel zu nehmen und weigerte sich. Wir mußten ihn erst mit einigen Wäschestücken füttern, ehe er sich auf den Weg machte...

Amir hatte sein kaputtes Dreirad vergessen und allmählich Freundschaft mit Jonathan geschlossen. Bei jedem Waschen stieg er auf ihn und ritt unter fröhlichen „Hü-hott"-Rufen durch die Küche. Wir waren alle zufrieden. Jonathans Waschqualitäten blieben die alten, wir konnten uns nicht beklagen.
Einmal aber bekam ich einen argen Schrecken, als ich eines Abends, bei meiner Heimkehr, Jonathan mit gewaltigen Drehsprüngen auf mich zukommen sah. Ein paar Minuten später, und er hätte die Straße erreicht.
Ich beschloß, einen Fachmann um Rat zu fragen. Er war über meinen Bericht in keiner Weise erstaunt.
„Ja, das kennen wir", sagte er. „Wenn sie schleudern, kommen sie gern ins Laufen. Meistens geschieht das, weil sie zu wenig Wäsche in der Trommel haben. Geben Sie Jonathan mindestens vier Kilo Wäsche, und er wird brav an seinem Platz stehen bleiben." Meine Frau wartete im Garten auf mich. Als ich ihr erklärte, daß es der Mangel an Schmutzwäsche war, der Jonathan zu seinen Wanderungen trieb, erbleichte sie:

„Großer Gott! Gerade habe ich ihm zwei Kilo Wäsche gegeben. Das ist um die Hälfte zu wenig!“

Wir sausten in die Küche und blieben wie angewurzelt stehen: Jonathan war verschwunden. Mitsamt dem Kabel.

Als wir zur Straße hinausstürzten, riefen wir, so laut wir konnten, seinen Namen:

„Jonathan! Jonathan!“

Keine Spur von Jonathan.

Ich rannte von Haus zu Haus und fragte unsere Nachbarn, ob sie nicht vielleicht eine Waschmaschine gesehen hätten. Alle antworteten mit bedauerndem Kopfschütteln.

Nach langer, vergeblicher Suche machte ich mich niedergeschlagen auf den Heimweg. Wer weiß, vielleicht hatte in der Zwischenzeit ein Autobus den armen Kleinen überfahren...

„Er ist hier!“ Mit diesem Jubelruf begrüßte mich die beste Ehefrau von allen. „Er ist zurückgekommen!“

Das war natürlich wieder einmal leicht übertrieben, denn die Sache war so passiert: In einem unbewachten Augenblick war der kleine Dummkopf in den Korridor hinausgehoppelt und auf die Kellertüre zu. Dort wäre er unweigerlich zu Fall gekommen, wäre nicht im letzten Augenblick der Stecker aus dem Kontakt gerissen.

„Wir dürfen ihn nie mehr vernachlässigen!“ entschied meine Frau. „Zieh sofort deine Unterwäsche aus! Alles!“

Seit diesem Tag wird Jonathan so lange mit Wäsche vollgestopft, bis er mindestens viereinhalb Kilo in sich hat. Und damit kann er natürlich keine Ausflüge mehr machen. Er kann kaum noch

atmen, und es kostet ihn ziemlich viel Mühe, seine zum Platzen gefüllte Trommel in Bewegung zu setzen. Armer Kerl. Es ist eine Schande, was man ihm antut.
Gestern hielt ich es nicht mehr aus. Als ich allein im Haus war, schlich ich zu Jonathan und erleichterte sein Inneres um gute zwei Kilo. Sofort begann es in ihm unternehmungslustig zu zucken, und nach einer kleinen Weile war es soweit: Er machte sich, noch ein wenig ungelenk hüpfend, auf den Weg zu der hübschen italienischen Waschmaschine im gegenüberliegenden Haus. Er brummte und rumpelte dabei männlich und tatendurstig, wie in der guten alten Zeit.
„Geh nur, Jonathan." Ich streichelte sein Gehäuse. „Los."
Was zur Freiheit geboren ist, soll man nicht festbinden.

Auf dem Trockenen

An jenem denkwürdigen Montag wachten wir früh auf, schauten aus dem Fenster und riefen wie aus einem Mund:
„Endlich!“
Der Himmel erstrahlte in klarem, wolkenlosem Blau.
Schnell sprangen die beste Ehefrau von allen und ihre Mutter aus den Betten. Sie stürzten zum Wäschekorb, in dem sich die Schmutzwäsche vieler Monate angesammelt hatte, vieler verregneter Monate. Die ganze Zeit mußten wir die Wäsche ungewaschen liegen lassen, da wir sie nicht zum Trocknen aufhängen konnten. Damit war es nun endlich vorbei. Meine Frau und die Schwiegermutter machten sich fröhlich singend an die Arbeit. Und schon nach wenigen Stunden konnten wir eine riesige Menge frisch gewaschener Wäsche in den Garten bringen, wo wir sie an Leinen, Stricken, Drähten und Kabeln zum Trocknen aufhängten. Als wir gerade damit fertig waren, begann es zu regnen.
Wie war das nur möglich? Noch vor wenigen Minuten ließ sich nicht die kleinste Wolke blicken – und jetzt regnete es. Es regnete

nicht nur, es goß, es schüttete, und alle dunklen Wolken des Himmels sammelten sich genau über unserem Haus. Hastig rafften wir die Wäsche wieder zusammen, rannten mit den einzelnen Bündeln in die Wohnung und legten sie in die Badewanne. Dort mußten wir bald eine Leiter zu Hilfe nehmen, denn der Wäscheberg reichte bis zur Decke. Als wir damit fertig waren, griffen wir erschöpft nach der Zeitung.

Die Wettervorhersage lautete: „In den Morgenstunden zeitweilig Bewölkung, die sich gegen Mittag aufklärt."

Damit stand für uns fest, daß Sturm und Regen mindestens drei Tage lang anhalten würden.

Wir hatten uns nicht getäuscht. Draußen fiel eintönig der Regen weiter, drinnen begann die Wäsche in der Badewanne zu gären. Am Abend roch es im ganzen Haus modrig. Da und dort tauchten an den Wänden die ersten grünlichen Schimmelpilze auf.

„So geht es nicht weiter", erklärte die beste Ehefrau von allen. „Die Wäsche muß getrocknet werden, bevor sie völlig kaputt geht."

Wir zogen eine Drahtschnur durch das Wohnzimmer. Sie reichte vom Griff des rechten Fensters die Wand entlang zur Schlafzimmertür, schwang sich von dort zum Kronleuchter, glitt abwärts und über einige Gemälde zum venezianischen Wandspiegel, umging die Sitzgarnitur, wandte sich scharf nach links und endete am gegenüberliegenden Fenster. An einigen Stellen hingen die dicht nebeneinander aufgereihten Wäschestücke so tief herab, daß wir uns nur noch kriechend fortbewegen konnten. Dabei mußten wir sorgfältig darauf achten, die aufgestellten Hitzespender nicht umzustoßen (Karbidlampen, Spirituskocher auf mittlerer Flamme und so weiter). Diese sollten das Trocknen beschleunigen. Ungefähr um vier Uhr nachmittags wurde das Haus von einem dumpfen Knall erschüttert. Im Wohnzimmer bot sich uns ein chaotisches Bild: Die Drahtschnur war gerissen, und die ganze Wäsche lag auf dem Boden. Zum Glück war sie noch naß genug, um die Lampen und Kocher zu löschen.

Die beste Ehefrau von allen sagte nur: „Das werden wir gleich haben."

Wir hatten es zwar nicht gleich, aber immerhin nach zwei Stunden. Mit vereinten Kräften verteilten wir die Wäschestücke über sämtliche Tische, Stühle, Fensterbretter und Lampen. Erst als auf dem Fußboden wieder Platz war, brachen wir zusammen. Kaum lagen wir, läutete es an der Haustür.

Schwiegermama trippelte zum Fenster und lugte vorsichtig hinaus.

„Doktor Zelmanowitsch ist draußen", flüsterte sie. „Der Vorsitzende des Obersten Gerichtshofs. Mit Frau."

Wir erstarrten vor Schreck und Verlegenheit. Was sollten wir nur tun? Doktor Zelmanowitsch besucht uns durchschnittlich einmal in fünf Jahren. Er hat Anspruch darauf, gebührend empfangen zu werden. Aber wo nur?

Abermals faßte sich die beste Ehefrau von allen als erste: „Rasch hinaus mit dem Zeug! Mama wird mir helfen. Du hältst den Besuch so lange im Vorraum fest."

Ich ging zur Tür, öffnete und begrüßte den Obersten Richter und

seine Frau herzlich und ausdauernd. Dann zeigte ich ihm einige Stilmöbel in unserem Vorzimmer. Ich redete möglichst laut, um die Geräusche des Wäschetransports vom Wohnzimmer ins Nebenzimmer zu übertönen.

Nach einer Weile äußerte Frau Zelmanowitsch den Wunsch, sich hinzusetzen.

Zum Glück hörte ich kurz darauf das vereinbarte Hustensignal meiner Frau, so daß ich die Gäste ins Wohnzimmer führen konnte. Wir nahmen in dem halbwegs aufgeräumten Raum Platz. Während meine Schwiegermutter sich erkundigte, ob Tee, Kaffee oder Kakao gewünscht werde, flüsterte mir meine Frau zu: Sie hätte die Wäsche im Nebenzimmer verstaut, natürlich ohne sie auszuwinden.

Wir unterhielten uns eine Weile, aber es wollte keine rechte Stimmung aufkommen. Bald herrschte Stille, die plötzlich von einem sonderbaren Geräusch unterbrochen wurde. Wie sich herausstellte, war es Frau Zelmanowitsch, die mit den Zähnen klapperte.

„Es ist ein w-w-wenig kühl in diesem Zimmer“, brachte sie mühsam hervor und stand auf. Auf den unteren Partien ihres Kleides war ein großer dunkler Fleck zu sehen.

Auch die übrigen Insassen des Zimmers zitterten vor Kälte. Ich selbst machte keine Ausnahme.

„Der Feuchtigkeitsgehalt Ihres Hauses scheint sehr groß zu sein“, bemerkte Doktor Zelmanowitsch und nieste mehrmals.

Während ich noch versuchte, ihm zu widersprechen, geschah etwas Fürchterliches:

Aus dem Nebenzimmer rieselte Wasser unter der Tür durch. Zuerst nur fadendünn, dann immer breiter, bis es sich als kleines Bächlein über den Teppich ergoß.
Doktor Zelmanowitsch stand auf, um sich zu verabschieden. Seine Frau hatte sich ja schon früher erhoben.
„Bleiben Sie doch noch ein Weilchen", stotterte die beste Ehefrau von allen und watete zur Tür, um unsere Gäste aufzuhalten. Aber sie ließen sich nicht. Sie gingen. Sie gingen ohne Gruß. Und sie werden in den nächsten Jahren wohl kaum wiederkommen.
Wir Zurückgebliebenen versuchten, das Wasser aufzuhalten. Das gelang uns. Aber wie sollten wir es beseitigen?
Da kam mir ein rettender Gedanke. Ich holte die Wäschestücke aus dem Nebenzimmer, tränkte sie mit dem Wasser und trug die vollgesogenen Stücke in den Garten. Dort hängte ich sie auf, obwohl es ständig weiterregnete. Früher oder später muß die Sonne ja wieder scheinen. Dann wird die Wäsche trocknen. Und dann nehmen wir sie herunter und verbrennen sie.

Fernsehen macht Spaß

Wunder dauern höchstens eine Woche, heißt es, und das ist wahr. Nehmen wir zum Beispiel das Fernsehen: Während der ersten Wochen saßen wir jeden Abend vor dem neu gekauften Gerät und starrten gebannt in die Röhre. So halten wir's noch immer – aber von ‚gebannt' kann keine Rede mehr sein. Eigentlich benützen wir den Apparat nur deshalb, weil unser Haus auf einem freiliegenden Hügel steht; und das bedeutet Empfang von allen Seiten. Dieser Spielart des technischen Fortschritts ist auch unser Sohn Amir zum Opfer gefallen. Es drückt uns das Herz ab, ihn zu beobachten, wie er fasziniert auf die Mattscheibe starrt, selbst wenn dort eine Stunde lang nichts anderes geboten wird als das Zeichen ‚Pause'. Etwaigen Hinweisen auf sein sinnloses Verhalten begegnet er mit einer ärgerlichen Handbewegung und einem scharfen „Psst!"

Nun ist es für ein kleines Kind nicht eben bekömmlich, Tag für Tag bis zum Programmschluß vor dem Fernsehkasten zu hocken und dann am nächsten Morgen todmüde in den Kindergarten zu gehen.

„Genug!“ entschied eines Abends seine Mutter energisch. „Es ist acht Uhr. Marsch, ins Bett mit dir!“
„Will nicht ins Bett!“ brüllte Amir. „Will fernsehen. Will Fernsehen sehen!“
Seine Mutter versuchte ihn zu überzeugen, daß es dafür schon zu spät sei. Umsonst.
„Und du? Und Papi? Für euch ist es nicht zu spät?“
„Wir sind Erwachsene.“
„Na und? Ich geh nur schlafen, wenn ihr auch schlafen geht.“
„Also gut“, sagte ich. „Wir werden jetzt alle schlafen gehen.“ Ich stellte den Fernsehapparat ab und veranstaltete gemeinsam mit meiner Frau ein deutliches Gähnen und Räkeln. Dann begaben wir uns alle drei in unsere Betten. Natürlich hatten wir nicht vergessen, daß um 8 Uhr 15 ein französisches Lustspiel begann. Wir schlichen auf Zehenspitzen ins Fernsehzimmer zurück und stellten den Apparat vorsichtig wieder an.
Wenige Sekunden später warf Amir seinen Schatten auf den Bildschirm: „Pfui!“ kreischte er zornig. „Ihr habt ja gelogen!“
„Wir lügen nicht“, wies seine Mutter ihn zurecht. „Wir wollten nur nachsehen, ob der Apparat auch wirklich richtig ausgeschaltet ist. Und jetzt gehen wir schlafen. Gute Nacht.“
So geschah es. Wir schliefen sofort ein.
Nach wenigen Minuten weckte mich meine Frau.
„Ephraim, ich glaube wir können wieder hinübergehen“, flüsterte sie schlaftrunken.
„Still“, flüsterte ich ebenso schlaftrunken. „Amir kommt.“

WUMM
Päng
BoiNG

Aus halb geöffneten Augen hatte ich im Dunkeln die Gestalt unseres Sohnes erspäht, der an der Schlafzimmertür vorbeischlich. Er nahm mein vorbildlich einsetzendes Schnarchen mit Befriedigung zur Kenntnis und legte sich wieder in sein Bett. Zur Sicherheit ließen wir noch ein paar Minuten verstreichen, ehe wir uns abermals auf den Schleichweg zum Fernsehschirm machten.
„Stell den Ton ab, dann hört er uns nicht!" flüsterte meine Frau.
Das war ein guter Rat. Beim Fernsehen, und daher der Name, kommt es ja darauf an, was man sieht, nicht darauf, was man hört. Leider fing das Bild plötzlich an zu wackeln. Also drehte meine Frau an einem Knopf. Sie hatte den falschen erwischt: Der Ton brüllte los.
Und schon kam Amir herbeigestürzt. Er blieb bis Programmschluß bei uns sitzen.
Am nächsten Tag schlief er im Kindergarten während der Gesangstunde ein. Die Kindergärtnerin empfahl uns telefonisch, ihn nach Hause zu holen.
„Jetzt gibt's nur noch eins", seufzte unterwegs meine Frau.
„Nämlich?"
„Den Apparat verkaufen."
„Verkauft ihn doch, verkauft ihn doch!" meckerte Amir.
Wir verkauften ihn natürlich nicht. Wir stellten ihn nur pünktlich um 8 Uhr abends ab. Dann putzten wir uns die Zähne und fielen vorschriftsmäßig ins Bett. Unter meinem Kopfkissen lag der auf 9 Uhr 30 gestellte Wecker.
Es klappte. Amir konnte auf seinen zwei Kontrollbesuchen nichts

Verdächtiges entdecken. Als der Wecker um 9 Uhr 30 sein gedämpftes Klingeln hören ließ, machten wir uns behutsam und leise auf den Weg ins Fernsehzimmer. Ein dumpfer Knall ließ mich zusammenfahren. Meine Frau war mit dem Kopf an die Tür gestoßen. Ich half ihr auf die Beine: „Was ist los?"
„Amir hat uns eingesperrt!"
Ein begabtes Kind, das muß man schon sagen.
Und seit fünf Minuten lief der neueste Film von Frank Sinatra. Also sprang ich durchs offene Fenster in den Garten, erkletterte katzenartig den Balkon im ersten Stock, zwängte meine Hand durch das Drahtgitter, öffnete die Tür, stolperte die Treppe hinunter und befreite meine Frau. Nach knappen zwanzig Minuten saßen wir vor dem Bildschirm. Ohne Ton, aber glücklich.
Plötzlich sprang meine Frau auf, schaltete den Fernsehapparat aus und versteckte sich hinter einem Sessel. Ich kroch unter den Tisch. Von hier konnte ich Amir sehen, der durch den Korridor tappte. Vor unserem Schlafzimmer blieb er stehen und guckte durchs Schlüsselloch.
„Hallo!" rief er. „Ihr dort drinnen! Hallo! Schlaft ihr?"
Als keine Antwort kam, machte er kehrt, und zwar in Richtung Fernsehzimmer. Das war das Ende. Ich knipste das Licht an.
„Na, Amir, jetzt bist aber *du* hereingefallen!"
Amir sah mich nur vorwurfsvoll an, drehte sich um und ging in sein Schlafzimmer. Als er zurückkam, brachte er sein Bettzeug mit und baute es vor dem Fernsehapparat auf.
Morgen wird der Kasten wieder verkauft.

Seligs Radio hat Störungen

Wir haben Schwierigkeiten mit unseren Nachbarn, den Seligs. Was die mit ihrem Radio machen, ist einfach unerträglich. Jeden Abend um 6 Uhr, wenn Felix Selig müde von der Arbeit nach Hause kommt, führt ihn sein erster Weg zum Radio. Und er stellt es auf volle Lautstärke. Ob Nachrichten, Musik oder Vorträge gesendet werden, ist ihm gleichgültig. Hauptsache, es macht Lärm. Und dieser Lärm dringt bis in die entlegensten Winkel unserer Wohnung.
Wir überlegten, was wir dagegen tun könnten. Meine Frau, die die Seligs einmal besuchte, meinte, daß das Radio bei uns noch lauter dröhnt als in der Wohnung der Seligs. Jedenfalls ist die Trennwand zwischen den beiden Wohnungen so dünn, daß wir abends beim Ausziehen das Licht löschen, um keine lebenden Bilder an die Wand zu werfen. Außerdem hört man durch diese Wand selbst das leiseste Flüstern.
Wir mußten also einsehen: Nur ein Wunder konnte uns retten. Und das Wunder geschah.

HÖR AUF

Eines Abends, als Seligs Radio wieder einmal seinen ohrenbetäubenden Lärm entfaltete, rasierte ich mich gerade.
Kaum hatte ich den Rasierapparat eingeschaltet, begann es in Seligs Radio laut zu knacksen. Ich zog den Stecker heraus - das Knacksen hörte auf. Ich steckte ihn wieder ein - es knackste und krachte. Dann hörte ich Felix Seligs Stimme:
„Erna, was ist mit unserem Radio los? Das Knacksen macht mich verrückt!"
Mir eröffneten sich ungeahnte Möglichkeiten.
Als Felix Selig am nächsten Abend um 6 Uhr nach Hause kam, wartete ich bereits, den Rasierapparat in der Hand. Felix ging wie immer sofort zum Radio und drehte es an. Ich wartete eine Minute, dann steckte ich den Stecker ein. Augenblicklich verwandelte sich in der Nachbarwohnung eine wunderschöne Klavierpassage in ein lautes Krkrkrk. Felix wartete zunächst ab, offenbar in der Hoffnung, daß die Störung bald vorbei sein würde. Endlich hatte er genug.
„Hör auf, um Himmels willen!" brüllte er völlig entnervt den Kasten an. Seine Stimme klang so beschwörend, daß ich schnell den Stecker des Rasierapparates aus der Wand zog.
Jetzt stellte Felix das Radio ab, rief mit heiserer Stimme nach seiner Frau und sagte, für uns gut verständlich:
„Erna, es ist etwas sehr Merkwürdiges passiert. Der Apparat hat geknackst, ich habe ‚Hör auf!' gebrüllt - und er hat aufgehört."
„Felix", antwortete seine Frau, „du bist überarbeitet, das merke ich schon seit längerer Zeit. Geh heute etwas früher schlafen!"

„Du glaubst mir nicht?" brauste Felix auf. „Höre selbst!" Und er drehte das Radio an.
Meine Frau und ich konnten uns gut vorstellen, wie die beiden vor dem Kasten standen und auf das Knacksen warteten.
„Ganz wie ich sagte", meinte Frau Selig. „Du redest dummes Zeug. Wo bleibt das Knacksen?"
„Wenn ich es dir vorführen will, kommt natürlich nichts", fauchte der enttäuschte Felix. Dann wandte er sich herausfordernd an das Radio: „Also, willst du nun knacksen, was?"
Ich schaltete den Rasierapparat ein. Krkrkrk.
„Tatsächlich", flüsterte Erna, „jetzt knackst er. Es ist wirklich unheimlich. Ich habe Angst. Sag ihm, daß er aufhören soll."
„Hör auf", sagte Felix mit gepreßter Stimme, „bitte hör sofort auf..."
Ich zog den Stecker heraus.
Am nächsten Tag traf ich Felix im Treppenhaus. Er sah angegriffen aus, ging ein wenig schlotternd, und unter seinen verquollenen Augen hatte er große dunkle Ringe. Wir sprachen zuerst über das schöne Wetter - dann faßte mich Felix plötzlich am Arm und fragte:
„Glauben Sie an übernatürliche Kräfte?"
„Selbstverständlich nicht. Warum?"
„Ich frage nur."
„Mein Großvater, der ein sehr gescheiter Mann war", sagte ich sinnend, „glaubte an derartige Dinge."
„An Geister?"

KKRKRKRKR

„Nicht gerade an Geister. Aber er war überzeugt, daß tote Gegenstände – es klingt ein wenig lächerlich, entschuldigen Sie – also, daß Dinge wie ein Tisch, eine Schreibmaschine, ein Plattenspieler ihre eigene Seele haben. Was ist los mit Ihnen, mein Lieber?"
„Nichts... danke..."
„Mein Großvater schwor, daß sein Plattenspieler ihn haßte. Was sagen Sie zu diesem Unsinn?"
„Er haßte ihn?" fragte Felix zitternd.
„So behauptete er jedenfalls. Und eines Nachts – aber das hat natürlich nichts damit zu tun – fanden wir ihn. Er lag neben dem Plattenspieler und war tot. Die Platte lief noch."
„Entschuldigen Sie", sagte mein Nachbar. „Mir ist ein wenig übel."
Schnell lief ich die Treppe hinauf, sauste in meine Wohnung und legte den Rasierapparat bereit. Ich konnte hören, wie Felix Selig in der Nebenwohnung mehrere Gläser Cognac trank, bevor er das Radio anstellte.
„Du haßt mich", rief der aufgeregte Mann, „ich weiß, daß du mich haßt."
Krkrkrk. Ich schaltete für etwa zwei Minuten meinen Rasierapparat ein.
„Was haben wir dir getan?" erklang Frau Seligs flehende Stimme. „Haben wir dich schlecht behandelt?"
Jetzt war es soweit. Unser Plan konnte beginnen. Meine Frau ging hinüber zu den Seligs.
Schmunzelnd hörte ich mit an, wie die Seligs meiner Frau erzählten, daß ihr Radio übernatürliche Kräfte hätte.

Nach einigem Nachdenken rückte meine Frau mit dem Vorschlag heraus, das Radio zu beschwören.
„Geht das denn?“ riefen die zwei Seligs. „Können Sie das? Dann tun Sie es bitte!“
Das Radio wurde wieder angedreht. Der große Augenblick war da.
„Geist im Radio“, rief die beste Ehefrau von allen. „Wenn du mich hörst, gib uns ein Zeichen!“
Rasierapparat einstellen. - Krkrkrk.
„Ich danke dir.“
Rasierapparat abstellen.
„Geist“, rief meine Frau, „gib uns ein Zeichen, ob dieses Radio in Betrieb bleiben soll?“
Rasierapparat bleibt abgestellt.
„Willst du vielleicht, daß es lauter spielen soll?“
Rasierapparat bleibt abgestellt.
„Dann willst du vielleicht, daß die Seligs ihr Radio überhaupt nicht mehr benützen sollen?“
Rasierapparat einschalten.
Rasierapparat einschalten! Einschalten!!!
Um Himmels willen, warum hört man nichts... kein Knacksen, kein Krkrkrk, nichts...
Der Rasierapparat streikte. Die Batterie war ausgebrannt, oder sonstwas. Jahrelang war er tadellos gegangen, und gerade jetzt...
„Geist, hörst du mich?“ Meine Frau hob die Stimme. „Ich frage: Willst du, daß die Seligs aufhören, diesen entsetzlichen Kasten zu verwenden? Gib uns ein Zeichen! Antworte!!“

Verzweifelt stieß ich den Stecker in den Kontakt, wieder und wieder – es half nichts. Nicht das leiseste Krkrkrk erklang. „Warum knackst du nicht?“ rief meine Frau, nun schon ein wenig schrill. „Gib uns ein Zeichen, du Idiot! Sag den Seligs, daß sie nie wieder ihr Radio spielen sollen! Ephraim!!“
Jetzt war sie etwas zu weit gegangen. Ich glaubte zu sehen, wie die Seligs sich mit einem vielsagenden Blick zu ihr umwandten...
Am nächsten Tag ließ ich den Rasierapparat reparieren.
„Die Batterie war ausgebrannt“, sagte mir der Elektriker. „Ich habe eine neue hineingetan. Jetzt wird es auch in Ihrem Radio keine Störungen mehr geben.“
Und seither dröhnt das Radio unserer Nachbarn ungestört in jedem Winkel unserer Wohnung.

Wettervorhersage: Neigung zu Regenschirmverlusten

Heuer haben wir wirklich ein unmögliches Aprilwetter. Manchmal ballen sich dunkle Wolken am Himmel zusammen, und ein kalter Wind heult durch die Gegend. Zehn Minuten später scheint die Sonne, als wäre nichts geschehen, und nach weiteren fünf Minuten regnet es, oder es kommt sogar ein Gewitter.
In solchen Zeiten ist es besser, nicht ohne Regenschirm aus dem Haus zu gehen. Zumindest meinte das meine Frau, als ich mich auf den Weg machte, unser Auto aus der Reparaturwerkstätte abzuholen.
„Nimm meinen Regenschirm, Liebling", sagte sie. „Aber bitte, verlier ihn nicht!"
Jedesmal, wenn ich mit einem Regenschirm das Haus verlasse, wiederholt sie diese völlig überflüssige Mahnung.
„Teuerste", antwortete ich daher, „wann habe ich jemals einen Regenschirm verloren?"
„Vorgestern", meinte sie prompt darauf. „Eben deshalb möchte ich nicht, daß du jetzt auch noch meinen verlierst."

Mit welchem Triumph in der Stimme sie mir unter die Nase reibt, daß ich meinen Regenschirm irgendwo stehenließ und jetzt ihren nehmen muß: dieses lächerlich kleine, blaßblaue Ding, das anstelle eines anständigen Griffs einen Hundekopf aus Elfenbein oder Plastik hat. Angewidert nahm ich ihn und ging hinaus in den strömenden Regen.

Als ich aus dem Autobus stieg, hatte sich das Wetter gebessert. Der Himmel war klar, die Bäume blühten, die Vögel zwitscherten, die Sonne schien, und ich ging, mit einem Damenregenschirm am Arm, durch die Straßen.

Der Wagen war noch nicht fertig, ich sollte später noch einmal wiederkommen.

Auf dem Heimweg kam ich an der Bank vorbei. Dort hob ich etwas Geld ab. Anschließend setzte ich mich kurz ins Café California, plauderte mit Freunden und kam pünktlich um ein Uhr zum Essen nach Hause.

Die Frage, mit der mich meine Frau empfing, lautete:

„Wo ist der Regenschirm?"

Tatsächlich, wo war er? Ich hatte ihn vollständig vergessen. Aber wo? Und schon kam mir die Erleuchtung:

„Er ist im ‚California'! Ich erinnere mich genau, daß ich ihn zwischen den Knien versteckt hielt, damit ihn niemand sieht. Natürlich. Ich hole ihn sofort, Liebling. In ein paar Minuten bin ich zurück."

Inzwischen hatte es wieder angefangen zu regnen. Ich sauste zum Bus. Dort setzte ich mich auf einen freien Platz und dachte über

Regenschirme nach. Erst im letzten Augenblick merkte ich, daß ich an der richtigen Haltestelle angekommen war. Ich sprang auf, griff nach dem Regenschirm und drängte zum Ausgang.

„He! Das ist mein Schirm!“

Dieser Ausruf kam von einer sehr dicken Dame, die die ganze Zeit neben mir gesessen war. In meiner Zerstreutheit hatte ich ihren Regenschirm genommen. Na und? So etwas kann vorkommen. Aber die sehr dicke Dame machte einen fürchterlichen Wirbel, bezeichnete mich als Dieb und drohte sogar mit der Polizei. Vergeblich versuchte ich ihr zu erklären, daß ich auf ihren schäbigen Schirm nicht angewiesen sei und mehrere eigene besäße. Die sehr dicke Dame schimpfte ungerührt weiter, bis ich mich ihren Angriffen durch Flucht entzog.

Im „California“ fand ich sofort den Schirm meiner Frau, oder genauer, das, was von ihm übrig beglieben war. Man hatte ihn achtlos in eine Ecke geworfen und war barbarisch über ihn hinweggetrampelt, so daß er vor lauter Schmutz nicht mehr wiederzuerkennen war.

Was würde meine Frau sagen?

„Siehst du“, rief ich mit gespielter Fröhlichkeit, als ich ihr gegenüberstand. „Ich habe ihn gefunden.“

„Was hast du gefunden?“

„Deinen Regenschirm!“

„Das soll mein Regenschirm sein?“

Wie sich herausstellte, war ihr Regenschirm inzwischen von der Bank zurückgeschickt worden. Jetzt fiel mir auch ein, daß ich ihn dort vergessen hatte. Aber wem gehörte dann dieses schwarze, schmierige Ding?

Das Telefon läutete.

„Hier ist der Oberkellner vom ‚California'. Sie haben meinen Regenschirm mitgenommen. Das ist nicht schön von Ihnen. Ich mache um drei Uhr Schluß, und draußen regnet es."

„Entschuldigen Sie bitte. Ich bringe ihn sofort zurück."

Die beste Ehefrau von allen wurde etwas nervös.

„Nimm meinen Regenschirm", sagte sie. „Aber bitte, verlier ihn nicht wieder."

„Wozu brauche ich deinen Regenschirm? Ich habe ja den vom Kellner!"

„Und für den Rückweg, du Dummkopf?"

Auf dem Weg zur Bushaltestelle hörte der Regen auf, und die Sonne schien wieder. Nun trug ich zwei Regenschirme am Arm, von denen der eine aussah wie ein schadhafter schwarzer Fallschirm, der andere hatte einen großen Plastikhundekopfgriff. Die Leute, die mit mir auf den Bus warteten, starrten mich an. Mir war die Sache so peinlich, daß ich einen Schwindelanfall bekam. Ich ging in die nächste Apotheke, nahm dort zwei Aspirin und beschloß zu warten, bis es wieder zu regnen begänne. Plötzlich bekam ich Hunger. Ich ging zum Kiosk an der Ecke und kaufte mir zwei Wurstbrötchen, die ich im Bus verschlang. Vor dem Café California wartete der Kellner und schaute mich fragend an:

„Wo ist mein Regenschirm?"

Tatsächlich. Er fragte mich, wo sein Regenschirm ist. Woher sollte

LEA PICKLER

ich das wissen? Was kümmerte mich sein Regenschirm? Ich wollte lieber wissen, wo der Regenschirm meiner Frau war. Langsam glaubte ich, alle Regenschirme der Welt hätten sich gegen mich verschworen.
„Nur ein wenig Geduld", beruhigte ich den Kellner. „Sie werden Ihren Regenschirm sofort haben."
Ungeachtet des Wolkenbruchs rannte ich zur Haltestelle zurück. Atemlos riß ich die Türe zur Apotheke auf:
„Ich... hier... vor ein paar Minuten..."
„Ich weiß schon", unterbrach mich der Apotheker. „Ist er das?"
Ich nahm den Schirm an mich und rannte weiter. Natürlich hätte ich nicht schwören können, daß es der Schirm meiner Frau war. Sicher, er sah ihm etwas ähnlich, aber er war grün und hatte als Griff keinen Elfenbeinmops, sondern einen flachen Schnabel mit den eingravierten Worten: „Meiner Schwester Dr. Lea Pickler." Es schien wirklich nicht ganz der Schirm meiner Frau zu sein. Aber irgend etwas mußte ich dem Kellner schließlich zurückbringen.
„Hallo, Sie!" Der Kioskinhaber winkte mir zu. Und hier, in eine Ecke gelehnt, wie Bruder und Schwester, standen die beiden streunenden Schirme, der des Obers und der meiner Frau.
Den Blick fest zu Boden gerichtet, reihte ich mich an der Bushaltestelle in die Schlange der Wartenden ein. An meinem Arm baumelten drei Regenschirme, ein schwarzer, ein blauer und ein grüner. Wenn es wenigstens geregnet hätte. Aber leider war strahlender Sonnenschein.
Ich rollte die drei Schirme zu einem Bündel zusammen, als wäre

ich ein Schirmvertreter, der mit seinen neuesten Mustern unterwegs ist. Aber auch dadurch konnte ich nicht verhindern, daß mich von allen Seiten mißtrauische Blicke trafen.
Im Bus setzte ich mich ganz nach hinten, in der Hoffnung, daß man von meinen drei Schirmen keine Notiz nehmen würde. Die Umsitzenden enthielten sich auch wirklich aller Kommentare. Offenbar hatten sie sich bereits an mich gewöhnt.
Nach einigen Stationen wagte ich aufzuschauen. Und da - da - mir gegenüber - direkt mir gegenüber ... um Himmels willen! Die sehr dicke Dame. Dieselbe dicke Dame, die ich schon einmal getroffen hatte. Sie fixierte mich. Sie fixierte meine drei Regenschirme. Und sie sagte:
„Einen erfolgreichen Tag gehabt heute, was?“
Dann wandte sie sich an die Umsitzenden und erklärte ihnen folgendes: „Der Kerl klaut Regenschirme, wo er sie sieht, und macht sich aus dem Staub. Ein gesunder junger Mann, gut gekleidet, und stiehlt Regenschirme, anstatt einem anständigen Beruf nachzugehen. Eine Schande. Vor zwanzig Jahren hat es in unserem Land keine solchen Leute gegeben.“
Alle stimmten ihr zu.
„Polizei“, rief jemand, „man muß ihn der Polizei übergeben.“
Die Haltung der Menge wurde immer drohender. Mir blieb keine andere Rettung, als zum Ausgang zu flüchten und so schnell wie möglich den Bus zu verlassen.
Mit einer gewaltigen Kraftanstrengung kämpfte ich mir den Weg frei und sprang hinaus in den Regen.

Schützend hob ich die Hände über meinen Kopf... Die Hände? Beide Hände?
Seither sind in einem Wagen der Autobuslinie 5 drei Regenschirme auf dem Weg in die Ewigkeit.
Ich stand mit geschlossenen Augen im Regen und rührte mich nicht. Das Wasser lief mir in den Kragen, durch meine Unterwäsche, in meine Schuhe. Ich blieb stehen und wartete, bis die Sintflut kommen würde oder besseres Wetter.

Der quergestreifte Kaugummi

Wir hatten uns zu einer Erholungsreise entschlossen, meine Frau und ich, und machten uns an die Ausarbeitung eines genauen Reiseplans. Alles klappte, nur ein einziges Problem blieb offen: Was sollen wir den Kindern sagen? Nun, Rafi ist schon ein großer Junge, mit dem man vernünftig reden kann. Er begreift, daß Mami und Papi von der Königin von England eingeladen wurden, und daß man eine solche Einladung nicht ablehnen darf. Das ging also in Ordnung. Aber was machen wir mit Amir? Er ist noch so klein und möchte uns am liebsten dauernd um sich haben.

Ich besprach das Problem beim Mittagessen mit meiner Frau, und wir beschlossen, offen mit Amir zu reden.

„Weißt du, Amirlein", begann meine Frau, „es gibt so hohe Berge in –"

„Nicht wegfahren!" Amir stieß einen schrillen Schrei aus. „Mami, Papi nicht wegfahren! Amir nicht allein lassen!"

Tränen strömten über seine zarten Wangen.

„Wir fahren nicht weg!"

Beinahe gleichzeitig sprachen wir es aus, gefaßt, tröstend, endgültig.
Damit schien das Problem gelöst.
Doch am nächsten Morgen beschlossen wir, trotzdem zu fahren. Wir lieben unseren Sohn Amir, aber wir lieben auch Auslandsreisen sehr. Und wir wollten uns von dem Kind nicht um jedes Vergnügen bringen lassen.
Wir wandten uns an einige Leute aus unserem Bekanntenkreis, die viel von Kindern verstehen. Diese gaben uns den Rat, Amir von unserer Reise zu erzählen. Auf keinen Fall sollten wir heimlich die Koffer packen und abfahren.
Zu Hause angekommen, holten wir die beiden großen Koffer vom Dachboden, klappten sie auf und riefen Amir ins Zimmer.
„Amir", sagte ich mit klarer, kräftiger Stimme, „Mami und Papi –"
„Nicht wegfahren!" brüllte Amir. „Amir nicht ohne Mami und Papi lassen! Nicht wegfahren!"
Amir klammerte sich an mich und schluchzte laut.
Wir waren selbst nahe daran, in Tränen auszubrechen. Was hatten wir da angerichtet, um Himmels willen?
„Steh nicht herum wie ein Idiot!" ermahnte mich meine Frau. „Bring ihm einen Kaugummi!"
Amirs Schluchzen hörte sofort auf.
„Kaugummi? Papi bringt Amir Kaugummi aus Europa?"
„Ja, mein Liebling, ja, natürlich. Kaugummi. Viel, viel Kaugummi. Mit Streifen!"
Amir strahlte übers ganze Gesicht:

NICHT WEGFAHREN

„Kaugummi mit Streifen, Kaugummi mit Streifen! Papi wegfahren! Amir Kaugummi aus Europa holen! Ganz viel Kaugummi mit Streifen. Papi schnell wegfahren!“
Amir hüpfte durchs Zimmer und klatschte in die Hände:
„Papi wegfahren! Mami wegfahren! Beide wegfahren! Schnell, schnell! Warum Papi noch hier? Warum, warum…“
Er fing wieder an zu weinen.
„Wir fahren ja, Amir, mein Liebling“, beruhigte ich ihn. „Wir fahren sehr bald.“
„Nicht bald! Papi und Mami jetzt gleich wegfahren!“
Und aus diesem Grund fuhren wir ein paar Tage früher ab, als wir geplant hatten.

In Rom bestiegen wir das Flugzeug, um nach Hause zu fliegen. Uns war seltsam unbehaglich zumute. Wir hatten irgend etwas vergessen. Was war es denn nur? Was, um Himmels willen…
„Ich hab's!“ rief meine Frau plötzlich. „Der gestreifte Kaugummi. Wir haben den gestreiften Kaugummi vergessen!“
Ich erschrak und versuchte, meine Frau zu trösten, der es ähnlich ergangen war.
„Vielleicht“, stotterte ich, „vielleicht erinnert sich Amir nicht mehr…“ Aber daran glaubte ich selbst nicht.
Während der kurzen Zwischenlandung in Athen liefen wir von Kiosk zu Kiosk, um Kaugummi zu kaufen. Aber es gab keinen. Das einzige, was man uns für ein Kind in Amirs Alter anbot, war eine zwei Meter große Stoffgiraffe. Wir nahmen sie mit.

Zwei Stunden später landeten wir auf dem Flughafen von Tel Aviv. Als wir von fern unsere beiden Söhne erspähten, die uns hinter der Sperre erwartungsvoll entgegenschauten, wurden wir nervös. Mit Rafi würde es keine Schwierigkeiten geben, er war schon ziemlich vernünftig. Aber wie stand es mit Amir?
Wir hoben ihn hoch, umarmten ihn, stellten ihn behutsam wieder auf den Boden. Und während ihm seine Mutter vorsorglich über die Locken strich, fragte ich ihn:
„Na? Haben wir dir die Stoffgiraffe mitgebracht oder nicht?"
Amir gab keine Antwort. Er schaute zuerst die Giraffe an, dann uns. Es schien, als wären wir ihm völlig fremd, als hätte er uns vergessen. Im Auto saß er stumm auf den Knien seiner Großmutter und starrte vor sich hin. Erst als wir uns unserer Wohnung näherten, fragte er: „Wo ist der Kaugummi?"
Ich brachte kein Wort heraus. Auch meine Frau seufzte nur leise. Dann faßte sie Mut und sagte beruhigend:
„Der Onkel Doktor... weißt du, Amirlein... der Onkel Doktor sagt, gestreifter Kaugummi ist schlecht fürs Bauchi... ungesund, weißt du..."
Amirs Antwort erfolgte so plötzlich und in einer solchen Lautstärke, daß der Taxifahrer das Steuer verriß.
„Onkel Doktor blöd, Onkel Doktor ekelhaft!" brüllte Amir. „Papi und Mami pfui! Amir will Kaugummi haben. Gestreiften Kaugummi."
Jetzt mischte sich die liebe Oma ein: „Wirklich, warum habt ihr dem Kind keinen Kaugummi mitgebracht?"

Nach diesen Worten schrie Amir noch lauter.
Zu Hause angekommen, fragte ich ihn:
„Na, Amir, mein Sohn? Womit werden wir denn die Giraffe füttern?"
„Mit Kaugummi", antwortete Amir, „mit gestreiftem Kaugummi."
Ich beschloß, es anders zu versuchen und Amir die Wahrheit zu sagen. Ich wollte ihm gestehen, daß wir den Kaugummi vergessen hatten, ganz einfach vergessen.
„Papi hatte auf dieser Reise sehr viel zu tun, und er hatte keine Zeit, Kaugummi zu kaufen", begann ich.
Amirs Gesicht verfärbte sich. Um zu verhindern, daß er wieder zu brüllen anfing, erzählte ich ihm:
„Aber die Königin von England hat mir fünf Kilo Kaugummi für dich mitgegeben. Sie stehen im Keller. Gestreifter Kaugummi für Amir in einem gestreiften Karton. Aber du darfst nicht hinuntergehen, hörst du? Sonst kommen Krokodile und fressen dich auf. Krokodile sind ganz verrückt nach Kaugummi. Wenn sie erfahren, daß in unserem Keller so viel Kaugummi liegt, fliegen sie sofort los – moderne Krokodile haben Propeller, weißt du – und suchen unseren Keller. Dann kommen sie ins Kinderzimmer und schnappen nach dir. Willst du, daß Krokodile in unser Haus kommen?"
„Ja!" jauchzte Amir. „Gestreifte Krokodile. Wo sind die Krokodile? Wo?"
Mir fiel keine neue Geschichte mehr ein, um Amir zu beruhigen. Zum Glück kam gerade meine Frau aus dem Nachbarhaus zurück,

Chewing
Gum

wo sie vergebens um Kaugummi gebettelt hatte. Auch alle Geschäfte waren bereits geschlossen.
Amir brüllt von neuem los, und wir wissen nicht, wie wir ihn beruhigen sollen. Da geht die Großmutter in den benachbarten Kaufladen und weckt den Inhaber. Dieser führt aber keinen gestreiften Kaugummi, sondern nur ganz gewöhnlichen. Ich verschwinde mit dem gewöhnlichen Kaugummi in der Küche, um mit Wasserfarben die erforderlichen Streifen aufzumalen. Die Wasserfarben halten nicht und laufen vom Kaugummi herunter. In unserer Wohnung herrscht ein heilloses Durcheinander. Die Kinder schreien, im Nebenzimmer explodiert ein Luftballon mit lautem Knall und die Großmutter telefoniert bereits mit dem Arzt. Amir erscheint heulend in der Küche:
„Papi hat Amir Kaugummi versprochen! Kaugummi mit Streifen!“ Jetzt habe ich genug. Ich weiß nicht, was plötzlich in mich gefahren ist – aber im nächsten Augenblick werfe ich den Kasten mit den Wasserfarben an die Wand und brülle: „Ich habe keinen gestreiften Kaugummi, und ich werde auch keinen haben! Zum Teufel mit den verdammten Streifen! Noch ein Wort, und ich haue dir ein paar herunter! Hinaus! Schluß mit dem Theater!“
Meine Frau und die Großmutter sind in Ohnmacht gefallen. Auch ich selbst bin von meinen eigenen Worten erschrocken. Wird der kleine Amir diesen Schock jemals überwinden?
Es scheint so. Amir hat nach dem angemalten Kaugummi gegriffen, steckt ihn in den Mund und kaut genießerisch.
„Mhm. Schmeckt fein. Guter Kaugummi. Streifen pfui.“

Strafe muß sein

Gestern bekam ich Nachricht von meinem Freund Jossele. Es war ein Anruf aus dem Krankenhaus: Er ließ mich bitten, ihn zu besuchen. Überflüssig zu sagen, daß ich mich sofort auf den Weg machte.

Ich fand Jossele im Garten des Krankenhauses. Bleich und niedergeschlagen saß er in einem Rollstuhl. Ein Bild des Jammers. Ich war erschüttert.

„Jossele!" rief ich. „Was ist los mit dir? Ein Herzanfall? Oder sonst etwas Lebensgefährliches?"

„Nein, nein." Er schüttelte müde den Kopf. Seine Stimme klang tonlos. „Aber was mir am Montag passiert ist . . . Ich bin jetzt fest davon überzeugt, daß es eine göttliche Gerechtigkeit gibt."

„Bitte, erklär mir das genauer", sagte ich und setzte mich neben ihn.

Mein Freund holte tief Atem.

„Mein Wagen war kaputt. Ich mußte also mit dem Autobus fahren. Linie 33. Montag. Zur Stoßzeit. Und wahrlich, ich habe gestoßen. Mit Händen, Füßen und Ellbogen habe ich mir einen Sitz er-

kämpft. Und kaum saß ich da, stell dir vor, da pflanzt sich irgendein alter Idiot vor mir auf und begann mich völlig ungefragt zu beschimpfen. Es sei ein Skandal, und eine Schande, ein junger, gesunder Mensch wie ich bleibt sitzen und ein alter, kränklicher Mann wie er muß stehen.
Ich tat so, als würde ich ihn nicht hören.
Der Alte aber schimpfte weiter. Über die heutige Jugend im allgemeinen und über mich im besonderen. Ich blieb ungerührt. Wieso sollte ich meinen bequemen Sitzplatz gegen einen Stehplatz im Gedränge eintauschen? Unterdessen hatten die Beschimpfungen des Alten den ganzen Bus gegen mich aufgebracht. Plötzlich riß er mich am Kragen, zerrte mich hoch und setzte sich unter dem Jubel aller Fahrgäste auf meinen Platz. Das konnte ich mir doch nicht einfach gefallen lassen. Na warte, Bürschchen, dachte ich, dir werde ich eine Lektion erteilen. Ich schwankte, hielt mich nur mühsam aufrecht und bahnte mir stöhnend den Weg zum Ausgang, wobei ich mit schmerzverzerrtem Gesicht das rechte Bein nachschleppte.
Die anderen Fahrgäste schwiegen betreten. Dann fingen sie an zu flüstern. ‚Der arme Kerl ... ist gelähmt ... hat ein krankes Bein ... kann sich kaum bewegen ... und dieser alte Trottel verjagt ihn von seinem Sitz.' Es fehlte nicht viel, und sie wären über ihn hergefallen. Einige standen auf, um mir ihren Sitz anzubieten. Aber ich winkte mit leidender Miene ab. Und da ich sowieso am Ziel war, bereitete ich mich unter neuerlichem Stöhnen zum Aussteigen vor."

„Das hast du gut gemacht! Dem hast du's aber gegeben!" Ich nickte anerkennend. „Und dann?"
„Dann", sagte mein Freund Jossele, „dann bin ich auf dem Trittbrett ausgerutscht und hab' mir das Bein gebrochen."

Umschlaggestaltung: Wolfgang Heinzel, unter Verwendung
eines Bildes von Friedrich Kohlsaat
Druck und Bindung: Wiener Verlag, Himberg
Printed in Austria
ISBN 3-88010-232-5